掌心的雪

刘佳琳　著

南方出版社·海口

图书在版编目（CIP）数据

掌心的雪 / 刘佳琳著 . —— 海口：南方出版社，2023.11
ISBN 978-7-5501-8768-9

Ⅰ.①掌… Ⅱ.①刘… Ⅲ.①诗集－中国－当代
Ⅳ.①I227

中国国家版本馆 CIP 数据核字 (2023) 第 228151 号

掌心的雪
ZHANGXIN DE XUE

刘佳琳 ｜ 著

责任编辑　焦　旭
装帧设计　长淮诗润文化传媒
出版发行　南方出版社
邮政编码　570208
社　　址　海南省海口市和平大道 70 号
电　　话　（0898）66160822
传　　真　（0898）66160830
印　　刷　三河市嵩川印刷有限公司
开　　本　880mm×1230mm 1/32
印　　张　8.5
字　　数　143 千字
版　　次　2023 年 11 月第 1 版
印　　次　2024 年 01 月第 1 次印刷
定　　价　68.00 元

一潭幽水出层峦

——序《掌心的雪》

雪 鹰

从 2021 年 9 月参加《金山》杂志第四届诗歌研修班起，刘佳琳连续参加了四届我主讲的诗歌研修班，同时她还参加了《金山》诗歌习作点评班。两年来，我读了她大量的诗歌习作，也给予她一些建议和意见。在我的印象里，刘佳琳对于诗歌写作总是那么认真、痴迷、虔诚。事实上，一开始她的诗就时有令人心动的句子，有可圈可点的令人满意的作品。当然，对于 2020 年才开始写诗的她，也有多数新手易犯的毛病。但每一节课的点评、反馈，她都能虚心接受、及时整改，对于诗歌写作她是敬畏的、挚爱的。我有幸见证了一位诗人在创作道路上的成长历程，而且还为她的第一本诗集写序，这着实是一件令人欣慰的事情。

刘佳琳的诗最初给我的印象是"空灵"有余，"及物"不足。她的天赋异禀为诗写提供了令人羡慕的先天优势。所以，当初读她的作品时，总让人感觉好像

1

在读一位写作多年的老诗人的诗。她的想象力非同一般，词汇量也大，语言大开大合，几乎达到了"无羁""无束"之境。所以常常会有突出的意象跳出来，闪亮你的眼球。

这本《掌中的雪》共分六辑，包括"隐秘的渴望""想到你时，风就停了""我抚摸过火焰""长长短短的曲调""万水千山走遍""在倒垂的紫色花带里"等。每一辑都基本上围绕一个主题。比如内心素描、亲情感悟、爱情畅想、四季咏叹，等等。但是，"雪"的意象贯穿始终，这是她命名本书《掌心的雪》的理由之一吧。

在漆黑的夜晚
一个女人用雪洗澡
那中年的胴体
白得一塌糊涂
——选自《此生，分取雪的一点白》

这些果子，是母亲栽种的
它们摇曳在麦地里
暗藏白色的雪
——选自《想到你时，风就停了 》

寻觅老实的土壤

您的发间有雪

——选自《父亲》

来世我还想写信给你

雪落下，又暂停

——选自《写给儿子》

在雪里埋葬一场火

做一个落伍的人

在熟悉又生疏的玫瑰上

是抚摸过的爱情

——选自《我抚摸过火焰》

雪在叫

对于万物本身

这白也是一种背叛

——选自《雪语》

我的掌心有雪

有跌入悬崖的梦境

——选自《冬天的黄昏》

…………

一潭幽水出层峦 ◆

"雪"像一根白色的线，将整本诗集串了起来。雪，在人们的眼里，是纯洁、美好的象征，也是寒冷、萧杀的极致的阴郁。这两种矛盾的感觉和谐地统一在这个意象上，就像人生含着眼泪微笑向死而生，痛并快乐着。佳琳以"掌心的雪"作为诗集的标题，足见她对"雪"的钟爱。雪，一直覆盖在她内心最隐秘的地方，作为一种生命的良药或者图腾，对孤寂的诗心有着滋养或航标的作用。同时，"掌心"散发出的来自诗人心灵的温热，与不知从世界哪个角落无辜飘来的雪花相遇、相融、相互感知，这其中又有童话的境地和美好，有诗人对纯粹的人性的追求，也有对世间冷暖的感知。

　　刘佳琳的诗带有十足的女性色彩。浓烈的情感，在看似淡然的文字间流淌。这其中有对亲人的依恋，比如，"孩子们是页码 / 每翻动一次 / 就要按住汹涌的波涛"《她的体内藏有河流》；"这些果子，是母亲栽种的 / 它们摇曳在麦地里 / 暗藏白色的雪 / 在我也成了母亲之后 / 落日变成了果子 / 每天熟透一遍"《想到你时，风就停了》。也有对劳动者的共情和赞美，比如"河水在异乡暴涨，在虚拟的硬币上 / 凿出小小的月亮 / 她们在螺丝、钉子、各类产品上制造时间 / 仿佛时间是一个个漩涡"《女工》。还有对爱情的无限怀念："这个二十三岁的姑娘 / 续写风中的情节 / 她是自己的庙宇 / 走路从来不看指示"《爱情的庙宇》。

这些，都昭示着一个女性丰满而绚丽的情愫，一个诗者敏感多情的内心。她在诗里写祖母、祖父、父亲、母亲、儿子、爱人……她把对所有亲人的爱都通过诗行传递出来。女性独有的敏锐让这本诗集像流淌的溪水，沉静清澈；又像跳脱的瀑布，肆意奔放。

难得的是佳琳的诗有许多对生命的叩问，对生死的感悟，这是超越一般诗者的境界。比如：

掘墓人一次次翻动生死书

尘世的纸越来越轻

——选自《掘墓人》

在刚刚死去的潮汐声里

太阳卸下沉重的锁链

夜推着药升空

——选自《隐秘的渴望》

四月落日慈悲

人们需要另一个场合转场

握紧遗落的余霞

用雨蓄满悲伤

——选自《清明辞》

一潭幽水出层峦 ◆

当肉体成为遗体

雪下在心里

冷，是漫长的一生

——选自《入殓师》

还有《墓碑》《观碑刻》等，都充满着死亡意象。从这些诗中，我们看到的是一个历尽沧桑、看惯生死的人，对生命的认知、悲悯和感叹。她试图解构生死，甚至上升到禅的境界。就如她在诗中一次又一次写到的"广济寺"，生命的归处必须要用哲学或宗教的形式来升华。无疑，佳琳选择了"佛"作为灵魂的皈依、生命的出口。三年前，她又选择了"诗"作为加持，相信她的内心会逐渐达到一种高度的诗意的禅定。

刘佳琳不同一般的语言悟性，在她初涉诗坛就显现了出来。通过阅读、学习，在潜移默化中已经自觉或不自觉地运用前人积累的诗写技艺，并在刻苦训练下形成了自己的言说方式。比如这本诗集的第一首诗：

掘墓人

掘墓人不是一个。很多的掘墓人

在白天撬动黑夜

被松动的黄土，重见天日，再一次遇到阳光

在人们的视线中
转移恐惧，转移对死亡的对视

每一次掘墓，都在掘一个冬天
漫长的岁月被翻动
形成此刻的长度
白骨透着象牙的颜色
姥爷的白骨被托起
掘墓人小心翼翼地
生怕惊动梦中人

母亲和她的兄弟们颤抖地接过
一如他们诞生时，被姥爷颤抖地接过
此刻阳光温润如玉，一只乌鸦站在地上
深沉的双眼，藏着一场场雪

路镇拆迁了，发达的人反目成仇
掘墓人一次次翻动生死书
尘世的纸越来越轻

　　"在白天撬动黑夜"……这种语言的准确，意象的贴切，让人反复咀嚼，回味无穷。其中的隐喻和象征，甚至暗示的运用都是那样地恰当，那样地鲜活。就这首诗来看，无论是气息、意象、修辞的运用，还是语言深处蕴藉、呈现的生命感悟，都是无懈可击的。

"有人走回梦中／他取走草原的扉页／月亮是逃亡史的一部分——《梦月》""在患得患失的占卜里，唱出大海的白骨头——《看手相》""街道拥有花枝的骨感／黄昏的船在摇晃／异乡人沿时光的河行走——《小镇素描》""一月，一只小松鼠／因一颗松果，上下求索——《一月》""升起的月亮充当心理医生／用圆形的心替代不完整的心——《中秋》""提起你，便有了归心似箭的勇气／故乡在掌心，故乡也在对你的描摹里——《玉兰花》"……在这本《掌心的雪》中，这样将深度思考自如地融于现实场景转换为诗的句子比比皆是，它们共同支撑刘佳琳诗歌的艺术品质。

落果

一枚果子击沉月亮
它用果香和低沉的梦语
制造自杀的假象

群山仍是粗犷
语言来自其侧影
水花扬起——

接住果子的福音

老人用寓言叫醒山村的清晨
诵经声从寺院传来
源源不断地撞击心房
像一枚果子遁入空门

我们再看看这首《落果》。第一节的三行勾勒了
一幅动态画面，第二句空灵之感来自于诗人奇特的想
象，而"自杀的假象"与"落果"的本质特征关联得
何其紧密，"自杀""假象"这样的词在这里的精准
程度，是令人叫绝的。有人说，好诗就是要找到那些
"唯一的词"。的确，换成其他的词再也没有这样的
效果了。第二节是在第一节营造的场景基础上的铺排，
但不是实景叙述，诗人通过进一步的联想，把第一节
精准呈现的画面里，一枚"落果"所处的环境向周边
无限扩展，于是有了"群山"做背景。而"语言""侧
影"，"水花""福音"这些意象的关联，再次使诗
人的想象进入更高的境界。第三节从"空山""落果"
的自然镜像过渡到人间的清晨，再由寺院诵经声对于
人的心灵的撞击，与"落果"的自由落体对水面或大
地的撞击，形成混搭。整首诗气韵贯通，浑然一体。
由一枚落果生发开去，意象环环相扣，意境层层叠加，

一潭幽水出层峦
◆

所有的意象选取都围绕"落果"可以生发的结果，每一个词的出现都有其必然的道理。尤其值得注意的是，诗人将信仰的佛法之根本"空"的境界，完美而洒脱地呈现了出来，其内心深处的修行与禅意淋漓尽致地传递了出来。

刘佳琳的语言造诣和娴熟的诗写手法，大量比拟、隐喻、象征、混搭的运用，彰显了诗歌语言的张力。甚至诗中还大胆地运用了排比，这种手法一般诗人不用，因为一旦用不好则会流俗，它也是我们在课堂上反复提醒大家必须警惕、慎用的修辞。但是佳琳用起来，却没有不适的感觉，比如：

这个夏是被火车唤醒的，那滑行中的晕眩
像一首诗催生花朵，也像到口的语言正在遗失
你充斥在慢速度的风景里
把往事旋成绿

这个夏是反复被唤醒的，晃动中的相思豆
我获得两种果实：一颗源于世间的美好，一颗源
于对你的爱
于是，每天都有加速度的风
把现实吹向另一个现实
——选自《爱情火车》

仿佛所有的石头都在桥上

仿佛所有的石头都能登天

…………

仿佛她们正走在朝圣的路上

仿佛她们重新爱上人间

——选自《云塔》

这是在诗写过程中诗意与气韵高度兼容的结果。这本诗集从第一辑"隐秘的渴望"深邃而神秘的内心世界，到第六辑"在倒垂的紫色花带里"清新别致的小女子情怀，整本诗集就像从层峦里流出来的潭水，从最初的深幽到澄静再到清浅，一段一段地洗涤读者的心境，就像"镜子站在时间的刀口 / 切割晃动的镜头"（《镜子》），也像"钟声抵达空白处 / 一朵云推着回声 / 洗涤天空"（《广济寺》）。

刘佳琳有所有女性的共性，内心十分脆弱而又特别敏感。她对生存环境的关注，对世界的感悟从诗行里都有体现。她凭借自己的天赋优势，语感和想象力以及现实的观感向诗的转换能力，可以使诗意的生成顺势而为、随手而至，没有任何的痕迹。这些诗学修养，靠的是大量阅读和多年的积累，以及上天的赋能。愿这本诗集如瑞雪飘落尘世，如星灯点亮夜空，照亮一个女孩的一生，也照亮茫茫人海中的你和我。愿多年以后，当我坐在庭院里，还能将《掌心的雪》某行诗句泡进茶里，和岁月对饮！

2023 年 7 月于坛头诗第

目 录

目录
◆

目录

◆

第一辑
隐秘的渴望

落果

一枚果子击沉月亮
它用果香和低沉的梦语
制造自杀的假象

群山仍是粗犷
语言来自其侧影
水花扬起——
接住果子的福音

老人用寓言叫醒山村的清晨
诵经声从寺院传来
源源不断地撞击心房
像一枚果子遁入空门

梦月

——梦的宝盒
关于逃离者的笔记
它悬浮在一棵大树的怀里
为了验证草原——
是一个突兀的入侵者
被天使雕刻成弯弯的图腾

——有人走回梦中
他取走草原的扉页
月亮是逃亡史的一部分
那些——
因爱受难的人
重新长成种子的核心

山桃花

适用于长镜头。山桃花，
用花苞尝试风中的味道。
时光打磨琴弦，奏出的尾音消失于岩壁
寻找母亲的小女孩，在掏空的寂静里晃动
手指在空中，试图给花朵写信
它们那么美，都把她比下去了
想到这里，一片新芽填满羞涩的缝隙
记忆的列车驶过胸口
被催熟的花朵
需要铁器
把轰然崩塌的往事收入其中

广济寺的清晨

最后被拿走的事物
是夜拖着疲惫的影子
下棋的星辰
其隐约的身影
缠绕诵经人的目光
在钟声被敲响的瞬间
有火光一闪而过
像亡魂留恋人间
或是，人间需要火焰

看手相

我们攥着手掌
如攥着上天的秘密
三千多年前
婆罗门教徒唤醒雪山与晨曦
在星空中荡起梦的波涛
疾驰的马车，隔着茫茫的生死
在患得患失的占卜里，唱出大海的白骨头
心于麻醉后醒来
夜安心住在月光里

致狄金森

你的血液里流淌着爱和自由
落日是孤独的城堡
每一件微小的事
都被你孕育出花园
柔软 飘忽 你的语言触角
不可企及
像突然停住的鸟
用啼叫捕捉灵魂的窗

站在风口的人

在雨中映照自己
溅落，被打湿的语言
连同日历
一条鱼游向另一条鱼

在逐浪的丛林
在覆雪的马路
清晨午夜来回交替
一个声音在呼唤：我的孩子
一个声音在呼唤：我的妈妈
无数的声音在呼唤
类似菜市场的叫卖
这排山倒海
这煽风点火

站在风口的人
她的手臂不假思索
她的手臂挽在一起
这解不开的图腾

是一位母亲站在风口
用一张外卖单叠加另一张外卖单
其实，她也是在移山

广济寺

晨光挪移无痕

众神的香火制造

看不见的门

一扇门叫幸福之鸟

一扇门叫金色的大地

钟声抵达空白处

一朵云推着回声

洗涤天空

长眠于风中的往事

用梵音覆盖梵音

枝丫上的果实因自身的重量

拍打修行者的背影

半个月亮

不知什么时候
月光凝结
像一汪湖水
静静冲洗过往
那些顺理成章的事
在时针的脚步中挪移
伤口、灾难、背叛化为刀斧
砍下灵魂的一部分
月亮直抵穹顶时
留下半张脸

一只麻雀

一只麻雀站在窗前
用叽叽喳喳的声音
制造时间的漩涡
短且深邃的调子随即消失
信使般出现在固定的时间
我怀疑它有什么隐秘
日复一日
第一声啼叫并不清脆
我怀疑它是一只病鸟
出于信任来到人类的世界
却一次次被误解
甚至被推向悬崖
尸骨不存

今夜听见雷声

据说半夜十二点
可以见鬼
时针小心地走
发出诡异的滴滴声
如干竭的水流
说出临终遗言

房子很小
五脏俱全
我该是多余的
被月光砍下去的影子
雷声从远方赶来
这疲于奔命的鼓点
按响胸口的门

钟声

我坚信听到钟声是福气
红色袋子里装有开花的树
桂树、杏树、合欢树、玉兰树……
无穷尽的值
递减年龄

那年，我站在教堂
挽着爱人的手
无声也是凋落的一种
表面光泽的花纹
很快失色

那夜，庙宇的钟声响起
巨大的鸟盖住虚空
我矗立，身后长出翅膀
隐形且轻盈

小镇素描

街道拥有花枝的骨感
黄昏的船在摇晃
异乡人沿时光的河行走
坚硬的事物不明亮、不刺眼
粉红色的屋顶像遗失的峡谷
黑蝴蝶泛着温润的光
每个人含着幸福的糖果
我挪动过往的病
丢失的花朵构成远山的雾
什么时候开始不觉得疼痛
当小镇充当田野的时候
它收留我为至亲的人

莲

不知如何安放这一池湖水

摇曳、沉睡的莲聚集

构成心的震颤

风是天真的孩子

晃动夏的约定

用东方的美编钟

每敲动一次

就有涟漪游向远方

仿佛一次次受孕的身体

梦很深了

消隐、遮蔽都有你的名字

镜子

据说镜子可以打开另一个世界的门
神秘主义者终其一生
需要修炼法则
将尘世中的爱恨情仇
——摒弃
净化成专属于自己的
那颗星星

镜子站在时间的刀口
切割晃动的镜头
剥开记忆的核
遥远的红樱桃
需要一杯酒
每一颗都那么小

河流

被时间叠加的河流
正在扩大自己的疆域
寻找是一道门
一颗樱桃悬于风中
细长的树在黎明中探险
路被斩断
一堵墙构成地图
谜般的漩涡深陷其中
鹅卵石构成日历的骨架
源头从金属建筑走来
一个少女拽住心头的火焰
为祖坟镀上白银

静待花开

痛苦不是别的
是孩子的病
如荆棘般割伤我的心
血一滴滴汇入河流
以隐匿的姿态映现那么多星星
于是，我也会望向星空
重新拼凑从身体中流出的痛苦
它们像故事
又是寓言的种种
这根茎上的刺
一根根
构成花中前生今世的卫士

凛冬即将来临

大雪纷飞之前

升起的月亮

温一壶老酒

风在岸上

越吹越瘦

树有念旧之心

来去任由流水

今日，我是一个大病初愈的人

在日历的海里

锻造数字

让零度以下的日子

覆盖零度以下的梦

火在雪中

还有那么多火在雪中
大部分睁开了眼睛
一棵棵松树绑住孤独的斜阳
是一场戏的终结
又是另一场戏的开始
梦里我坐在轰鸣的火车上
站台是一颗颗星
它们的明信片叫隐匿的天空

入冬札记

允许被遗忘
在落叶纷飞的时刻
凋零的事物聚一起
在太阳下面
不断走失

穿行是一种原始思考
在白日梦熄灭的城市
枯荷、古树、入骨的风
渐渐形成北飞燕子的尾音

故乡变得越来越抽象
在一场巨大的虚空中
泛起白光
客死他乡的人
用熊熊烈火燃烧
数不尽的乡音

落在骨缝和灵魂里的雪

如泣如诉
这一生的某个节点
需要一场雪
穿透岁月深处的日子
唤醒战马脱缰的声音
驰骋天涯
或与一个烈性女子饮酒
不醉不休
直到听到骨头拔节的声响
有如遗址
青铜的身体被重塑
一粒粒雪花构建柔软的子宫
这巨大的新生儿
用梦封印

抽屉

靠近黄昏
它冷却下来
接受我的手及身后的夜
陌生的胸花
晃动如浪

一朵灰玫瑰平躺
旧的笑声滑过日落
少女以沉默的姿态站在不远处
刺耳的音调被锁上
此起彼伏的钟表声
消磨它的身体
被俘获的物品不是战利品
更像是死亡的种子
多么不容易

我称它为世界
这不能推拒的动作
悬在空中的手
不知该如何收回
这封存已久的抽屉

风声

风充当剪纸的人
用泛滥的想象构建线条
奔跑的脸庞
充斥大街小巷

有时，剪纸的人力气很大
老树被拦腰扭断
像梯子一样倾斜
把脸探进邻居的家长里短
震惊的夜晃动
无法站直的腰身
在风中留下一道道斧痕

此生，分取雪的一点白

行舟需要内火
站点被月熄灭
梦是黑色的，疯长千尺
隐约的影子，在手掌
天地间，风是引子
引出旷世大雪
在漆黑的夜晚
一个女人用雪洗澡
那中年的胴体
白得一塌糊涂
乌鸦哀鸣："这白也是另一种灰"

那天的雨

雨从坏天气的指示中接过
失恋、失意、失业的牌
打一场翻手为云、覆手为雨的仗

树叶的撞击声
也是迷路的雨
从错误的出口逃离
一声一声的呼喊
从另一个世界诠释永恒的意义
一个女人坐在房里洗雨

住院记

病房反复被我走错
年轻的女孩是一只颤抖的燕子
翅膀暂时解除功能
其腹部藏有黑夜
我的靠近，好似充当另一把刀子
让滞留在空气中的血腥味
再次凝聚

我是另一只燕子，憨厚且笨拙
如世间并未熟练飞翔的人
总是那么多
他们准备把腐坏的身体切掉
用碎片拼凑一轮月

蛇

母亲属蛇
在我眼中
它是移动的子宫
当世界制造困境
它的盘踞或拉伸是救赎
为了还原漏下的光阴
世间降下一场大雪
风暴与蔚蓝像是刚刚降生的事物

旷野

疾速飞行中的旷野
有蔚蓝的光线。层层小草
剥掉时钟等器物
裸露且遗失在风中
饱有蒙古语言的性格
阳光手持利刃
迅速砍掉针尖上的美
婴孩转过脸
他试图爬过母亲的身体
挽救死亡刀口上的物

女工

她们的体内藏有山峦
潜伏到体内的铁，不仅仅是铁
辛酸只是微小的一部分
从家乡抵达工厂的路
四通八达

在秋天的深处
裸露在暮色中的，是她们的青春
只差一点，命运就可抵达另一条河流
沉默的流水线无言以对

河水在异乡暴涨，在虚拟的硬币上
凿出小小的月亮
她们在螺丝、钉子、各类产品上制造时间
仿佛时间是一个个漩涡
吸进内心的海啸
洗净乡愁

广济寺

古刹幽深，一旦放入忠爱的事物
光阴便被捕获
修行者一点点挪动影子
古树用身影接住天空
梵音借幽香化开胸口的巨石
往事在苍穹之外
被经文一点点抹去痕迹
诵经、顿悟、证道……
又落上厚厚的一层雪
修行者继续打坐
他们急需认领一段岁月
梳理盘踞在心的情节

雪

雪是垂暮的老人
一次次的回光返照
为了铭记万物的影子
让它们穿上白色的袍子
为了让万物深爱彼此
让一场白宿醉在另一场白里
光阴恍如隔世
把尘世的寂静与喧嚣
隐入雪的腔调里
好像消失的梦呓
夜需要一位老者的预言
在群山诞生的纯粹里

电工

若有火花迸射
那白天里燃烧的夜
被粗糙的手接过
电线那头是空话筒
早已不在人世的地图
借风传来耳语
破译电流的解密者
一次次对接黑暗
游荡在房间里的阳光
有了新的出路
电工接电
阳光一无是处

午后

太阳躲进云朵
温暖的事物涌上来
制造一个虚幻的海
祖母是朦胧诗
黑白的影子
摇晃七月的流火
悬在半空的手
亦可以涟漪漫卷
在想象的空间
酝酿一场巨大的遗憾

墓碑

阳光照在碑文
名字、格言、出生日、死亡日……
如海浪往复循环
太阳在寻找某个缺口
热度凝聚的墓碑
暖了人世
燃起的香是密码
擦去别离、孤独、痛苦
淡淡的烟火造一艘船
航行在不同的站点
我终将成为浪花一朵

良夜

在夜雾浓重的拐角街头
我见过几颗露水滑过的树叶
黄桷兰裹住自己的心事
酝酿擦身而过的月光
我回到我们初次相遇的地方
脚步偷到快乐
我见到沿着午夜唧唧的草虫
声音从地下传上来
这么多真实的细节
我发现我已不在自己的年月
时光叠放在一起
溅出幽蓝的星群

大风渐止

风起的时候
花朵举起花朵
树枝撞击树枝
悬崖上的神仙草，被吹进人间
风像母亲一样，呼唤她的孩子们
万物应着孤独的声音
让偏爱的事物，深陷泥泞
无需省略的名字
还来不及爱，便失去
直到母亲走了
世界又安静下来
无需省略的名字
拾起逝去的凋零

内在秩序

他的黑夜覆盖白天
当整个城市被梦笼罩
他开始收拾腐烂的饭菜
脏的手帕遗忘所有的比喻
杂乱不堪的生活是一条暗河
他在声音的世界里探寻
钉子被铁锤反复击打
瘦弱的身躯卸下强盗的欲望
这个突然出现的人
让我在黑夜看见黑夜
用不安的心
晃动整个城市

拒绝

梦中，一只幻想的鸟滑入森林
幽深处枝条建立细碎的王国
未知的事物总是那么多
匕首般的宁静
是夜送给鸟的礼物

路已不在人类的目光中诞生
适应夜的鸟睡去
魔法师唤醒萤火虫
它们构成光的本身

一群受难的失眠者寻找
变成废墟的路
光形成未来
总有反抗者悬浮于黑夜
背影保有王者的尊严

轮回

空旷藏有花朵
曾经的过往不留痕迹
雨水的聚集是多么愉快
三百六十五条河流
在苍白的修辞面前激流勇退
菩萨需要几种语言
才能讲清轮回是个影子
黑夜离码头有多远
路上的孩子在哭泣
那棵古树像诗一样活着
它礼乐般的枝丫
构成月
枯叶落下来
我怎么会不记得你的青涩

抽屉

老屋的抽屉
在光影中反射
睡去的纹理与划痕

七重回声
日倚着夜
一次次搏斗
为了绝然地站立

它是房子里幽暗的洞穴
无法闯进的月光
用钥匙献祭
一颗珍珠的心
要怎样放下自己的尊严
任由一次次打开
在毫无理由的时候
那黑暗中的呐喊
多像青春期的孩子

水的骨头

由内向外，雨在水中凿出涟漪
一圈圈的故事
默念心底的名字

花纹渐隐
遗失的童真被水洗出光泽
细微处有悲伤的范本

站在湖边
在阳光中辨认坚硬的物体
红丝带飘动在溪流
一只鱼潜伏在鹅卵石间
打坐如僧

浮云

天空曾认为这是一串白金项链
风的音符跃动
试图篡改它的出生地
家族迁徙
秋天最后一个果实
创造项链的另一种纹理
天空执着于沉默的状态
也执着于它
关于造梦的妖精
只是江湖传言

那天的雨

一滴雨追逐另一滴雨
天空开合了很多次
留下一道道坏天气的难题

窗外的江山泪流满面
多少日子是一团明火
需要熄灭

万物迁移，我知道回忆并不可靠
时光中，落英并未收起锋利的光芒
黄昏深陷于云朵

一滴雨为另一滴雨祈祷
像过客一点点
把死亡的风
埋葬

听雨

不再被光线蛊惑
淅淅沥沥的雨
把内心的荒草清洗一遍
平原的风
转动低音频率
醉生梦死的人——
被重新拉回人间

直到雨坠入深渊
狂暴的性情借积水
减弱哭泣
灯光下苍白的手颤抖
表达因痛苦而获得的永恒

当小鸟再次站在枝头
它离我那么近
潜伏在体内的雨
突然变小了

捡蘑菇

踏入那片树林寻找
破土而出的
具有丰满骨感的宝贝
肉嘟嘟的侧影
举起江湖的口令

鸟鸣声被捆绑
无边的寂静逃离
想起遥远的幸福
故乡点缀在草丛间
浮现一张张脸

有垂死之心的宝贝
或许，还有剧毒的诱惑
辨识，需慧眼
她弯下腰身识别
这生死一线间
味蕾的眼睛

时间的站台

无城府的年纪
她是纯真的尤物
夜被一枚针刺破
寂静蔓延
拥抱与推却构成黑蝴蝶
家与城池在蓄水

初恋时的那枚红豆
遗失在风中
青春期的月亮是孤独的狼
致命的诱惑——
几颗星星坠入井中

而立的花朵，绽放于
电闪雷鸣的早春
阳光攒动鱼群
家与城池在蓄水

喜欢自然的阶段
苍老的树启程

鱼开始说话

梦有了命运的启示

天幕轮回

歌谣早已远去

第一辑　隐秘的渴望
◆

古狩猎图

寂静的画面
弓弦弹奏死亡之音
广阔的草原
呈现亘古的敌意

鹿、羊、虎从远古中走来
带着终结者和被终结者的命运

永恒的光阴雕刻倒下的背影
黎明、黑夜、梦相互缠绕
饮着前世血的人
在凉透的冬里

观碑刻

碑文有着世人不可见的固执
刀光剑影的时代
凿碑者，用洞悉世事的眼睛
盯紧一笔一画的走向
总有遗失在风中
消失于尾音
被今日太阳照见的
无常与琐碎
又——回到碑文中
默许禅修者以不同的姿势
临碑

乱发

深夜她对着镜子
把头发拨乱反正
把闹钟按上再按下
这些烦恼的三千发丝
凌乱如命运般多舛
瓢泼大雨冲刷内心
手拿利刃的女人
面目狰狞，她释放仅有的獠牙
试图把院子里的根茎移植到头顶
她的爱人曾撒下一把种子
在风中
这充满迷幻感的动作
把她变成一个造梦的女人

路在何方

明镜里的我是我
明镜里的我不是我
每一个我都是跳出身体的我
每一个我都是灵魂挣扎的我
立春后绽放在枝头的是雪花
这倒春寒的冷
拉长所有受伤的路
彼岸的水是墨蓝色
一个提着水桶的人走向我
她递给我一枝红彩笔
她让我好好收着

北风

北风一路肆意地吹
她试图将万物拨乱反正
所到之处，尽显其真性情
热情、泼辣、直爽
她喜欢把阳光吹明亮
在北风呼啸的午后
太阳身不由己
让风做它的分身
我的心被吹得又冷又暖
落叶继续在风中习武
那些隐忍的种子
在七十二式的招数中
打醒了冬的梦

沙漠里的那场雪

在无数漂泊的月份
梦中的橄榄树
一次次指引我来到金色的沙漠
那淬火千年的完整
一路向北
解密时间退场后的另一种完成
天空必将用低于零度的心情
洗净一场雪
正如书上说：
所有澄澈的事物，更要映照星辰
一切延续都需某种声音
梦里反复出现的黑色蜡烛
在沙音滚滚的红尘
滴下日历敲打钟声的回音
像雪，在度冬天

龙葵

你最好盛装度过这个秋
在凉风入骨的清晨
白色的花瓣悬浮在风中
大海隐匿在远方
河流穿过城市的创口
云朵与阳光彼此搀扶走过
我想，你应该研读过一片龙葵叶的纹理
紫色的波涛呈现圆的光泽
隔着日历，默读同一个梦
你我都拒绝老去
拒绝用孱弱的身躯
去慰藉生活的隐密

未尽之诗

关于一首诗的源头
不仅仅是倒置的天空
竭尽全力地呐喊
也不过是努力燃烧的某个瞬间
生活躲在角落，如孩子般坐立不安
偶尔，祖母从人间探出双手
试图在群星的光鲜中
刻上命运的虚空与不确定性
她的背影，总让我产生遐想和隐痛
关于轰然倒塌的爱
关于另一个世界的懵懂
在苦苦探寻的过程中
一场雨，努力裹紧自己
四处漏筛的画面
一滴雨，掉出另一滴雨
像一个我掉出另一个我

我不是工具

上等的木头，上等的芯
凭借铁钉、桐油灰循环往复
绝不朽烂的船宣誓：绝不沉没

为了生存
夜吞噬夜
工作计划本被实施无误
用二十四小时的疲惫造船
在平行线中：嗖嗖射出眼中的星星

风吹过去还是风
星星仰躺在梦里
灵魂的河流在淤积
生活一次次把我塑造成木质雕像
每当黑夜来临：请用心擦亮一颗心

我看了一眼天空

第一道曙光永远属于抢占先机的人
视野如此开阔
地域不断遗失
正因为我看了一眼天空
便成了合时宜的人
便成了入乡随俗的人
便成了识时务的人
这天空是海的幻灭
也是沙的分身
就像那年我看了一眼天空
便失去了我最爱的人
有时仰望是命运的事
有时仰望不是命运的事

雾凇遐想

隔空望着冬堆出的雕刻
冰雪随声附和的纹理
如冷艳的湖
水的语言
但不具有举棋的涟漪

触碰不到的白色玻璃
反光，出世，独自顿悟
品风寒为酒
取月光为遗产
不贪心
不占用多余的领域
甚至不在我的目光中诞生
你是自己的摆渡者
熟烂的美丽之果

病毒

病人和医生之间
病毒阻隔他们
这要攀过几座山
才能活下去
急促的呼吸
制造死亡漩涡
吞下治病的药丸

救与被救之间，拧成一股绳
从悬崖处落下的汗水
让幸存者获得慰藉
像光的到来
总在黑夜之后

病

我的姓，需要清算一笔账
关于遗传史的秘密
夜进入我的肉体
无意识的梦拼接天空的形状
空是时间隐秘的存在
被碾压的梦想
在手术室里开出五朵小红花
树叶抵住光亮
我抵住病痛
正在发烧的废墟
在风中一次次陨落
我的名，正在清算一笔账
关于家族史的黎明……

擦肩而过

在一场预谋已久的风中
花朵寄来信笺
它有飞翔的意志
哪怕是短暂的瞬间

我在月光中看到自己
也看到落花
时光重叠在一起
溅出幽蓝的星群

隐入黑夜的事物
唤醒稍纵即逝的慈悲

划痕

有时，风从心里吹起来
钟摆晃动
空旷的四野——
聚集阳光的履历
骑马疾驰的人
——把闪电拽在手里
低处的水是失传已久的乐器
她是通灵的歌者——
一次次梦到即将实现的事
生活是另一片夜空
总有流星划过
——不留焦灼

皇帝的新衣

我想法则在白天
具有神奇的构成
比如一匹贵气的布料
一件透明质地的华服

眼睛装满各种招贴画的人
每个人用力敲打另一个人的眼睛
每个人说出相同的答案
除了那个在白天看见黑夜的人

更多时候，我也是招贴画里的一员
偶尔，从墙上跳出来
大胆吐露龙的秘密

继续

被称为秘密的影子
在风中咀嚼
白玉兰被阳光拧成日落
光阴炮制出无数个钟
延展秒针的雷
在日历上画满月亮的蕾丝
这些柔软的荆棘
终将在雨中前行

体面的人

黑夜与白天被裁成两份
均等的半圆
他说：花园的花都盛开了
春天占领整个世界

星辰的种子坠入望月湖
他说：半生已和院里的梧桐树一样高
入土的脉络
充盈时间的形体

很多广阔的事物
困在自己的身体
已消亡的烟火
笼罩一场又一场的雨
无法预知的明天
挤在漏风的日历里

风，迎面吹来

风一再靠近我
大海与我：同时被指认
白云压低天空
仿若缩短朝圣的路

俯冲的鹰拉长秒针
风在耳语
明确地补上命运的雷
汹涌的浪花淘洗往事
祖母拼命返回梦里

风有同样的执念
它重复同频率的声音
让现实与梦互埋月光

家园

梦中的蝴蝶，在风中打着死结
烛光晃动
你们再次坐在木桌旁
节前的圆满，像落下的果实
存有穿越现实的快感

这温馨的一月
储满四月的种子
光阴调换位置
在错失的河流中
我曾是那枚平凡的石子
被太多人忽略
你们再次赴尘世之约
只为擦亮这颗石子

这隔屏的美
几乎退进了我的童年
那时的你们好年轻
天空的蓝从不担心被太阳洗染
各自安好的幸福
标记阴阳两隔的家园

69

晚熟

秋夜适合燃烧
每一个灯盏都是一束火焰
不会破灭的事物形成永恒
仰望夜空
星星是你的
也是我的
一个孩子从梦里跑来
他带着神灵的光辉
秋夜适合灵魂飞翔
所有珍惜羽翼的人
都藏着如雪般的青春
雪落下来
寂静无声

隐秘的渴望

把悬置的天空扯下来
到了落日熔金的时刻
光从梦境走出包围
关于白天的轨迹
云朵正在擦拭

黄昏推动海浪
像另一位敲钟人
赤道以北的潮汐也私奔而来
此刻，巨轮在远方
爱人的右手也是打开的

很多影子，如一条静止的鱼
偶尔晃动
他们保持警惕的目光
他们喷出巨浪

在刚刚死去的潮汐声里
太阳卸下沉重的锁链
夜推着药升空

月亮划桨而来
我划桨而去

广济寺听雨

红墙瓦遭受了苦难

雨瞬间转暗

心空境寂

诵经声此起彼伏

天光在白昼中入定

三三两两的修行者

造一座悬垂的花园

雨滴给另一个雨滴命名

晃动，梵音中的湖

我在一切非虚构的叙述中睡去

年近百岁的老僧拉长侧影

仿佛空门有回音：

天空那么低

满卷经书皆有光

油菜花

她举起花枝，那遗落于人间的福音
奔跑、跃动，像风一样轻
那时她还年轻
她的眼睛里有太阳，也有月亮
被油菜花海填满的心事
遵从了青春期所有的见证

数年后，她的女儿沿着梯田花海数格子
一双双蝴蝶用身体作标记
天堂的高空缆车
让她们学会了飞翔
被花海盖住的路
收紧她们的心
由所有词语集成的幸福
沉浸在江南的花海中
她们经过，她们走了
幸福还在

午后

风此刻的目标是大树
一排排大树被迫说出伤痛
一幢幢居民楼吞噬无数的名字
黑漆漆的那一层
是火灾的断章
流浪猫用叫声进行定位
我在家中，避开风吹草动
昨夜梦中的井水
正在抽离
午后，我渴望看到太阳
而不是一场风雪

第二辑

想到你时，风就停了

她的体内藏有河流

院子里的她在淘洗
布满皱纹的手来回翻动
河流中的日子
用岁数烘烤
她的唠叨迸出火花
背影深入丛林
直到她拽住河流
把扉页分发给岁月
孩子们是页码
每翻动一次
就要按住汹涌的波涛

想到你时，风就停了

想到你时，风就停了
夏摇晃在思念里
河流借阳光取暖
树叶借黄昏酣睡
我的双手捂着胸口
用心数熟透的果子

一遍遍数
深怕遗漏一个
直到儿子追着落日奔跑
我才缓过神来
这些果子，是母亲栽种的
它们摇曳在麦地里
暗藏白色的雪

在我也成了母亲之后
落日变成了果子
每天熟透一遍

湖边

站在湖边
我看到对岸的母亲
在和星空交换秘密
命运的河流
总有说不清楚的地方
如果风说话
它会说些什么
金线在穿针
鞭子抽打幸福的锁
日复一日的单调
黑压压的乌云偷吃苹果
哦，母亲
落在大地上的我
厌恶湖中的倒影

走在父亲身后

曾几何时
斜阳一次次
把父亲的影子拉长
我缩在一小片黑里
习惯性地走在他的身后
做儿时的粘人糖
旧时光是跑不动了
父亲蹒跚的步伐
藏着铁
偶尔的咳嗽声
足够惊涛骇浪
这浪花拍打
已是多年后的事
我习惯性地走在他的身后
为光阴添砖加瓦

清明，遥望祖父

清明这座下雨的城
树叶一次次记住乡音
一次次洗出春天
每年此刻
我都会重复做一件事情
推开朝向北方的窗
眺望隔过群山的墓碑
获取你身边的一棵白桦树
丈量它的眼神与年龄
大雨过后
这座城市更空更大
耳畔偶有风声
捕捉你生前的路
你的葡萄架和红水晶
放下尘世的光
我正在经历你的黑暗
燃烧的纸钱
一次次存入
你在人间最后的地址
草木因茂盛获得目光
我因失去而变得年轻

母亲，梦很深了

左胸膛的璐镇
右胸膛的月光
几十年的河流从不私藏
星辰从昨夜醒来
母亲，您被汗水浸湿身体

黄土地、村庄
老花镜、降压药、被黑夜缝合的伤口
被时光留在冬季
雪无时无刻覆盖
窗花贴标签
梦很深了，母亲
在辽阔的岁月中
在彼此的镜像里
越来越清晰

清明辞

四月落日慈悲
人们需要另一个场合转场
握紧遗落的余霞
用雨蓄满悲伤

梦境肃穆
薄雾环绕其中
祖母坐在老槐树下
反复打磨一块故乡的玉
仿佛长长的告别
是一场命定

"翠绿、明黄……前世的镜子"祖母念念有词
而现实保有圣物的节气
并允许我的内心在大光明里
五蕴皆空

母亲

母亲，我的母亲，我来了
当光阴遮住幽暗的天空
森林用沉甸甸的身躯
挪移河流的隐秘

母亲，我在孤独的寂地
默默用文字堆成玫瑰的形状
它会燃烧，具有火焰的热情
它会熄灭，交给雪来埋葬

母亲，在我内心的深处
总有骨头碰撞的声音
那是不屈从于命运的声音

当回忆的细沙被风吹起
母亲，我的眼泪不是因为一场暴风雨
也许是童年的月亮
总是出现在梦里
它创造严苛的法则
敲响教堂的钟声

母亲的中药

麻黄。细辛。葛根。母亲
在岁月的河流淘洗
从乡野到城市
奔波多年
她的胸膛始终怀有乡音
疲惫的身躯
暗含疾病与关节痛
城市的路被一株麦芒擦亮
珍珠。全蝎。蜈蚣。母亲
在月光中制毒，也被毒治
平肝息风
中药不再心猿意马
梦里她喊我的乳名
用熟悉的乡音熬制解药
一副，或多副

父女经

站在窗前的父亲
矮了一些
他用老花眼收集世界的一部分
包括，
遗失的童真——
关于我的
泛黄的照片无法定夺
俗世的花蕾
正在凋谢
我——
忙碌且疲于奔命
这多像当年的父亲
那时，他还年轻
他一次次把我举过肩头
笑声如一串串鞭炮
这顺理成章的事情
正在破碎
正在构成苍老的一部分

河岸那头的母亲

河岸那头的母亲
在风中摇曳
白发信号灯般闪烁
未抵达河岸的船
载着她
途经天堂
途经一无所有的荒凉

星期一，她在淘洗
星期二，她在做饭
星期三，她在喂小鸟
星期四，她在打扫房间
星期五，她在开药
星期六，她在家中等我
星期日，她还在家中等我

船上的母亲，一直在赶路
切腹的浪花
如此汹涌

致祖母书

梦里，我来到墓前
二月的田野不荒芜
盛大的落日
让我和您相遇
年事已高，腿脚不便的背影
晃动梦的扉页
从此，星辰也将是我的归宿
顺着河流的方向
故乡是一棵行走的树
我所知道的生活
远不是镶金边的花朵
亦有腐败的落叶
混入风里
我常常走丢自己的魂魄
祖母，您再也无法为我叫魂了
有多少流水，就有多少入世的月亮
唯一不同的是
烂醉如泥的时候总比清醒的时候多

祖母

时光埋着针线
慢慢缝合伤口
你倔强的性格
如富士雪山，美、空灵、不做作
余下的蜡烛不多了
它燃烧、熨烫你微驼的背影

我开始领悟一个老人的河流
流水越来越少
开始裸露河床的创口
你守着二十四小时的黄昏
仔细打开掌心残存的名字
那些被风吹动的画面
以一颗小石头的姿态
呈现疏离的斑斓

祖母的另一个世界

明天需要撬动时间
循环阳光与暗夜
需要取走灵魂的一部分
用于偿还
失去后的孤独

明天是晴朗的日子
要记住失去的风暴雨
深红色的砖头
用一匹骆驼拉走

此刻，月光被砍下
留下虚无
摇曳在田野的风
翻阅一本叫祖母的书
页码不再增长
我需要再次苦修

父亲

多想跟着光阴倒退
在日历初始的地方
再重温一遍
那段月光照耀的小路

寻觅老实的土壤
您的发间有雪
胸膛刻有命运的图腾
生命的泉吟唱女儿的摇篮曲

在空灵的四野
落日晕染泛黄的钟声
晚霞在井中打水
用于擦拭疲惫的身影
在风中储藏逝去的温馨

父亲在坝上

风在坝上穿行
午夜的梦有暖阳的温度
时光深入万物内部
探索黑暗
山峦、河流、古树排列爱的次序

一望无垠的草原兜住村庄
我在时光的沙漠里
捕捉你衰老的暮年

万马奔腾的场景
已销声匿迹
寂静与硝烟交换
你采集晚霞的印章
拾起金色的硕果

一双老手伸向远方
在坝上，一匹马走过去
曾经的小姑娘，在晚霞与黎明间
收集祥和的露水

93

祖母，在时光的背面

一颗草莓落在雪地上
冬平铺山河、丘陵、高原
亘古的事物显现轮廓
微驼的侧影
残烛般摇曳

河流席卷风沙
鹅卵石在水中保持安静
你的眼神像一个孩子
目光探寻远方
故乡空留出思念的位置
你的左手握着白天，右手握着黑夜
心在黄昏中徘徊

风是信使
它翻译颤抖的心语
明天与火
今夜有玉

你坐在火炉旁，点燃枯枝

一并点燃记忆

慰藉灵魂的旋律

追着一闪而逝的小鸟

你哼唱家乡戏

最原始的音符追着鱼群远去

你数着星星说：妞儿，黑夜有花朵的轮廓

在硕大的虚空中

我握紧你的手

像握着柔软的风

关于别离的站点

我绝口不提

你躺在时光的船上

也躺在时光的背面

写给儿子

来世我还想写信给你
雪落下，又暂停
柔软的翅膀两斤重
装满天空的眼眸孕育一个大海

儿子，你在梦中
喂养山峦与村庄

黑夜降临
孕育世界的梦
偶尔被你擦亮
这轻微的爆裂声
不会熄灭

坐在我病床前
你就是还魂药
这拿起刀斧
披星戴月的英雄

致祖父

那些散落的沙粒
已无从寻觅
我捧起白桦叶
在梦中
给祖先报上姓名

每当星空画上一轮月亮
我就默念你的名字
你怎么会成为无名氏
让我的姓氏覆上墨迹

寻找墓地
直到松针的顶端
你用刺扎痛了我
我想在石头上坐久一些
直到被落叶淹没

孩子

每当我想到孩子
柔软就展开飞翔的翅膀
你是叶尖上的那颗扣子
是花蕊里的密码
是所有闪亮事物的那个

每当我想到孩子
就有几千亩的地耕作
朝夕往复
吃月亮这颗药丸
用太阳作升温计
让一切虚无都有了轮廓

每当我想到孩子
就会有鱼上钩
毒蛇开始念经
青蛙热情地扭起秧歌

每当我想到孩子
我就无所不能
像一个法力强大的巫婆

祖母

她退回孩童时代
月亮是个胖少年
常常陪她进入梦乡
含着蜜的嘴
说出来都是糖
蓝火苗跃动在眼眸
这一场场天黑
黑了好几层

她坚持劳作
良田越耕作越小
种子飘在风中
飘在老花眼里

她不再哭泣
笑着撕掉日历
扯开有雾的清晨
做这个家族最亮的那盏灯

站在路口

孩子拾起落叶
仔细研读叶子离家的原因
他画下叶脉的地图
说带它回家

秋生出人间烟火
炊烟袅袅的村庄
已无法盛下孩子的心
他站在路口
斟满秋风

夕阳照过来
橙红的青春画上
印满足迹

别对他说你已经很苍老
他站在路口
黑夜并未降临
白天并未离开
他站在路口
还没有酿出孤独的美酒

100

第三辑

我抚摸过火焰

我抚摸过火焰

交换风中的一颗葡萄
把九月还给你
昨天已取走年轻的容颜
那么多河流汇聚成大江
怦然心动的一道道彩虹
命名为红尘的火焰

在雪里埋葬一场火
做一个落伍的人
在熟悉又生疏的玫瑰上
是抚摸过的爱情

来不及长成你欢喜的模样
佩戴勋章的人只能是老者
一只远行的白鸽
在风中计数
日历中掉出的白云
用覆盖的方式
消融尘世的印记

关于爱情

遗失。关于青春河流的隐秘
常常让光线四散
春天走了
伤痛的过往被抛向烈日
悬而未决的鼓点
敲响黑夜
孤独牌创口贴
抽出天堂的鞭子
一边留下鞭子印
一边贴上玫瑰红
关于爱情
有太多的语言需要平衡
在充盈的七月
我将以一种持续的状态
游入新的港口

月河，串起爱的珍珠

银杏树在秋天充满张力
黄色的火焰混合红色的火焰
在大自然的乐章里
我的身体是白的
被河流冲刷的鹅卵石
借银杏叶勾勒出星光地图
闪烁、沸腾、舞动……
装满整个小心思
风吹过旷野
让我想起你说的
让我们重新开始吧
在这个起死回生的季节
很多往事随落叶凋零
它们幻化在月河里
串起爱的珍珠

玫瑰物语

这一年仅有的花期
把火苗圈在了掌心
所有饱含期待的事物，如花蕾般
含着四月未知的雨水
月亮选择褪色，这透明的印象派
玫瑰裹着薄雾，隐现爱情的海
待涨潮时，浪花奔向我
也奔向朵朵的玫瑰
误读命运
这电闪雷鸣的渴望
把我一次次摁入黎明
关于玫瑰中的冷刺
只是一种自然的修炼

月河，你给了我答案

如何记录一千多年的灯火，那绵延不断的
红灯笼，像是从天而降的情书
遍地深情，让我陷入无眠
晨曦中，赏柳
夜幕下，牵爱人的手
吹奏中的葫芦丝营造一片虚无

要注视我们的内心
权利随时奉送
那朵小花孕育月光
在含羞草闭合的时候
你用一个吻
把我带回俗世

古老的爱

古老的爱湿化成一条河

七月的那场雪

熄灭爱的火焰

甜蜜的孤独

每日相依

一旦把什么都尝遍

一块糖直接升天

幽深的河没有滴一滴血

在日历的迷宫里

有人提灯

有人取刀

有人死在路上

有人原路折返

月河

月河是一本书
储满人间的玫瑰
褪色、多情及凋零的种种
月亮还在无中生有
你我皆是修行者
每当爱燃起
绽放的粉红色从眼睛走出
装满馨香的花园
凡事都有归期
花期不长的受难者
随时在书中做好标记

爱情的庙宇

露珠奔向天空的姿势
让她想起奋不顾身的爱情
野蔷薇探出幽深的脸庞
发出子弹的声响
石头落下
一颗心从胸口跳出
花朵举起花朵
这个二十三岁的姑娘
续写风中的情节
她是自己的庙宇
走路从来不看指示

火的灵魂在苏醒

关于黎明前的寂静
火的灵魂在苏醒
天使的剑划破苍穹
年迈的鸟靠近
它的本上一个字也没有
花朵用尽最后的力气
让远方的人写日记
摇晃的事物构成脚印
那么多未完成的梦

爱情火车

这个夏是被火车唤醒的，那滑行中的晕眩
像一首诗催生花朵，也像到口的语言正在遗失
你充斥在慢速度的风景里
把往事旋成绿

这个夏是反复被唤醒的，晃动中的相思豆
我获得两种果实：一颗源于世间的美好，一颗源于
对你的爱
于是，每天都有加速度的风
把现实吹向另一个现实

何须计较阳光中的斑驳？
我早已习惯了黑夜，习惯黑夜中顺从的阴影
你握着我的手
在安静的隧道里
赎出尘世的爱情

爱情

那摇晃的黄昏是为你而来的
两只年轻的羚羊在跃动
我们是需要重新组织语言的患者
两颗心碰撞，并不需要流血
我的眼睛正在泄露
让爱淌过身体的河水
夏的脚步并不轻盈
两颗心碰撞在一起
放缓生活的脚步
一切道路都开始变宽
容得下甜蜜与痛苦的药丸

第四辑

长长短短的曲调

夏日

蔷薇花，扶桑花，睡莲……
构成一口深井
夏的双眼住满
命运的雨水
太阳不再隐忍
无论有多少场暴风雨
它都将以统领者的姿态出现
撕掉那些破烂货
到处都是易燃品
在金色的大地
蝉的叫声有些慌不择路
从远方赶来的人们
分杯夏的忧伤

秋天的暮色

黄昏的光线照在瓷瓶上
落日委屈地覆上影子的足迹
冷漠的西窗
是另一双眼睛
它的犹疑在于入不入世

湖面迁移了多年的阵痛
留下胎死腹中的婴儿
反复吟唱古老的曲子

晚霞微醺
这白天积蓄的泪珠
旋转飞鸟的梦
这一次次的销声匿迹
像是为了证明什么
窗外的木船如此安静
并不需要多余的光束

春之侧

萌芽不只从一颗种子开始
城市的河流涌动警钟般的秘密
晨曦是一种魅惑
那片树林透着洁白与寂静

应该明白
我们的梦想是美丽的
在日记本里写满时间的碎片
其实，一生没有多少应该遵从的法则
真的岩石就是真的
那匹黑马饮下最后一杯酒
在花苞绽放的节点
阳光扫荡平原
那里有金子般的光环

少女拥有鱼的身段
她婀娜且画满透明的良知
在上帝面前
我需要赎罪，赎出半生的废铁
重新锻造

站在春之侧

大海还是大海

风暴从未停息

第四辑　长长短短的曲调
◆

独奏冬的心事

长长短短的曲调
在阳光中寻找最佳的位置
安静的榕树
是最忠实的倾听者

太阳无需拔刺
冬天的寒冷里
处处需要火焰
旋律的种子网中
语言正在诞生

人生的旅程中
我一直是孤独的歌者
冬日把我的心描摹得像一场场大雪
在冷的独奏里
纷纷飘落

雪语

用于消解上半生的雪
是孤独的雪
群山放空自己
风是背景
雪在叫
对于万物本身
这白也是一种背叛
小麻雀的词语散了
它的食物也没了
雪越下越大
不死的白是一种假象
万物的轮廓更是一种假象

冬树

那明晃晃的光落下来
得寒病的树更瘦了
风铃从远方传来
调低孤独的音频
一只鸟飞来
它弯下腰身
为尘世画下省略号
一棵孤独的冬树
在旷世的祈祷中
保留关于爱的永恒

关于雪

捧出内心深处的珍珠

把它摆进一场场雪里

那些暗自发亮的

除了事物本身的光泽

还有一种特别的描述

戴面具的人又多了一层面具

雪，制造美的场景

还有那么多原因

需要附上魔幻主义的色彩

冥冥中的渴望

抖落内心的雪

第四辑　长长短短的曲调
◆

一朵荷花正在摇曳青春

虫鸣声隐退
雨收紧自己的喉咙
用于吞咽天空
月光温柔以待
用拂过枝蔓的手
记录花语
我站在河里冲洗自己

一朵荷花正在摇曳青春
风还在流浪
敲响莲子的木鱼
一声声接住夜的静
仿佛那样才能看得清
纯粹的事物

六月花

夜展开飞翔的羽翼

探索一朵花开的秘密

山峦蛰伏在一片温柔的绿

如巨人的身躯

婴儿的思绪

你清澈，所以你简单

我仔细研读过大地的纹路

早已隐密在历史的长河

只有重复的六月

定有花开的声音

如神灵的暗语

只有敞开心扉的人才能获知

大自然的节奏

在世俗的争斗中

总有一座朴素的山

见秋

树叶学会适应四季
在该落叶的时候
绝不留恋季节的深情
埋进天空的枝丫
渐露苍白的纹理
它们有相同的路径
它们有相同的记忆

在真实的世界里
每个晨曦都有不一样的黎明
它们来自不同的眼睛
它们来自不同的心灵

风停了，还会有风
叶落了，还会有叶
秋的开始不只是夏的结束
悲喜无关风浪
夜空托举群星

夏

花朵与蒲公英从远方赶来
这飘忽不定的风
隐入四野
露水争着细数群星
我和另一个我
在梦的海水里
翻洗自己
每一次翻洗
都有落日坠入天边
这沸腾的日历
掉出一个个数字
它们的意义：
托举月亮一次次重生

一道闪电到夏的距离

海棠花只是一个引子
有水的日子
储满流动的福袋
一场雨敲开夏的门
闪电像长不大的孩子
他纯真
他一闪而过
此后，阳光击打大地
茂密的诗行缤纷而至
鱼群寻找一块岸
让紧迫的岁月
放下尊严
亲吻彼此

草字头的春天

把春花召唤
并送给你
把花蕾旁的露珠收集
送给流不出泪的自己

终日奔跑
深宅里的乡音，在飘散
走失的星星，擦拭
眼眸

那是我的
曾被冬天冰冻的银河，就要
被草字头的春风
救赎

立春

立在枝头的
含苞待放的
迅速占领旷野

远方有火
近处有鸟和树林
有不灭的炊烟和渐入世事的人

再加上大漠孤烟直的豪情
与一马平川的幸运
这个草字头的春
当立于风中

草字头的春

她一副统领世界的样子
炊烟的影子是一枚沉默的音符
村庄铺展一口深井
几只飞鸟重拾故乡的记忆
异乡人跋涉
并请出雨水、惊蛰、春分、清明
这些牌严守法则
直到雨水再次诞生雨
百谷重复节令的隐秘

春天

春天的号子已在田野上吹响

新芽深入平原

寻找大地上的房子

麦苗儿睁开惺忪的眼睛

碧绿的血随风摇曳

在浩荡的温煦里

小鸟提灯飞翔

复苏的岩穴和树巢

在芭蕉叶的断章里

唤醒原始精神

河流安静

像遗落人间的一颗棋

所有密布的局

需要鱼群送来新的消息

第五辑

万水千山走遍

北海公园

这块巨型宝石
时刻保留天生的涨潮声
黎明是那片银白色的水域
芦苇荡与荷花池兀自修行
芸芸众生在风中
缔结雨露的秘密
凋零，不仅是落叶
还有历史的种子
每棵树亮出自己的语言
由内向外——填满

长白山的暴雨

一场暴雨正在洗净山林
四季同时显现
彩虹的光泽
云层以哲学家的面孔
注视苍生

鸟雀无法惊飞
万物皆静，唯有雨声
这世俗的藤蔓
让我感到周身疼痛
我与刚刚吹过的风
错过解读的那一页
在群山之间
低头与仰望都是渺小的事情

定军山

这天高地阔。阳光拍照留念

将我留在历史的光影里

在沉默中，诸葛亮、曹操、刘备书写

　刀光剑影的意义

八年的时光从一场虚惊中走出

我站在定军山中

寻找鸟雀归隐的证据

泉边饮水的画面

不只在梦里，也在现实中

一棵树握着另一棵树生长

一朵花紧挨另一朵花绽放

小草虚构心灵的丛林

稀疏的人影跃动

衬得蓝天更蓝，白云更轻

石门栈道

请背起我。她说。请用石门水库的水滋养我。
她来自历史的幽深处
战火纷飞的岩石。坚硬如昨。
黑白分明的画面
延展 235 公里的距离
为了追溯
山与山之间保持完美的步伐
两岸在水流中阅读往事
白鹭正在一根一根搬运
为了保持同一个频率
寻梦人回到做梦的地点
宁静的目光进入某种状态
古人把文化植入史书
我拾起泥土上的落叶
如拾起四季的记忆库

135

妙峰山

妙峰山在虚空中变得厚重
山峦从遥远的历史走来
越来越多的人聚在这里
在攀登中默念心中的诉求
时间在重构
据说旅途可以制造命运
缭绕的香火一次次化解心结
为了不让黄昏染上古老的哀愁
有人反复攀登妙峰山
好像离俗世远一些
被束缚的心便安静很多
路上总有醒来的花朵
把阳光击打成另一种回声

在长白山

避开风雪奔向此地
雨水湿漉漉的
像母亲的眼泪

我们手牵手
仿佛走过半生
风以汹涌的祝福
拍打每一棵树
群山稳稳地转换
每一个地方都需要密令

很多方言汇聚成河流
野花拿着弯刀
雄鹰送来乡愁
这安稳的世事
离幸福更近了些

天池，客居人间的钟

我站立，如身侧的古树
云淡风轻，人影跃动
天池，是客居人间的钟

时针醒来
升起一团火
云朵唱着赞歌
风从四面八方赶来
这平缓有力的节拍
多像亲人的胸膛
缥缈的青烟
延展四野

长白山的野花

石缝中的孤独者
禅修打坐
在风中不语
为了收获我的目光
传达群山的指令
一路向上而行
在云朵的账本上
正正负负的数字交错
然后，我们谈起人生
关于风雨中的彩虹
正在显露骨骼
野花用魔法散发处方
这世外桃源的美
打开我笨拙的翅膀
这中年的飞翔
在花香里荡了又荡

天静宫

积雪覆盖在天静宫
薄薄的那层，是尘世
厚厚的这层，是历史

晨光照过来，千年的寂静
脚步声抚平光阴
无为、风声与落叶形成
巨大的空

山峦依然活在自己的使命中
祈祷的钟声，一波一波掠过天际
殿与殿之间形成某种力量
祭拜的人，千张脸
祭拜的人，呼进自然的气息
照耀众生的光
永无止境……

涡河

黄昏的光照在涡河

从西向东流的史书

又准备翻过一页

静悄悄的氛围形成飞鸟的轨迹

渔船在酣睡

打鱼的人不见踪迹

人间草木需留白

我席地而坐

像打坐千年的高僧

你有不朽的身体

我有鲜活的诗歌

让每一句都汇入你的心房

那永不泛滥的情感

续写夜的萤火

兴隆老街

恰恰是这个时刻，一群鸟飞向天空
小青瓦、花格窗温柔地掀起南方的风
白玉盘闯入千年的梦
阳光问候躁动的人群
记忆正在瓦解
古道低头诉说百年老屋的故事
以一种隐秘的方式
异乡人畅游在方言汇聚的河
被兴隆老街的火烛点燃
仿佛夜被打破
青葱的岁月走向无边的田野

三棒鼓，我听到她晶莹的词语在歌唱

为了找寻遗失的月亮
我来到你们的村庄
三个人捧出各自的修辞
打鼓的人踩着生活的鼓点
敲锣的人燃烧胸中的热情
众人诧异的目光
跟随抛刀、耍棒人的节拍
晶莹的词语构成清泉
每次押韵如诗
每次对偶都转了一个圆圈
回到起源处的比兴
让我站在历史的路口
我仿佛已不是我
那篝火阑珊处
智慧的铜钟生出天籁
一声声锁住心

143

怀宁博物馆

这里有远古的钟声
汇集的海
拥有宁静的骨骼
及缝隙处疯狂的节拍

阳光曾描摹每一件器物
如今，它们是目光下的宝物
几千年的车轮周而复始
星星与梦想从未停息

燃爆器在无法界定的岁月中沉默
——像一块石头压住另一块石头
堆积的形体
让古籍慢慢显形

海口钟楼如一位诗人

海甸溪在岸边沉睡
椰子树撑起天空的语言
斑驳陆离的岁月散去

"将老"未老
这是海南人的方言
异乡人一遍遍重复"将老"
试图在钟楼的身世中
探寻风雨烟火中的慢镜头

让海浪凝结 1929 年的温度
徐徐南来的风
让了不起的事沸腾

如何建立人与钟楼的联系
用画家的笔飞升
用邮局的明信片记录

晚霞微醺
椰林摇曳如羽

145

一艘大帆船划动金色的碎纸

那些神秘的传说

被时钟叫醒

古老的物满溢美的酒

骑楼老街

七百年的光阴滚动
古建筑群吹来东南亚的风
炙热如浪的温度
敲击目光

走进幽深的街道
在巴洛克的美学意义中
构建城市的骨架
百叶窗有鱼形身姿
游动的弧度里
女儿墙打碎自己的身躯
圆形的孔洞
解除某种古老的敌意
数不清的百鸟朝凤、松鹤延年、梅兰竹菊
让"福禄寿"中的福字
点亮掌心的灯

更多的鱼游出
关于"花好月圆"的祈盼
让四面八方的语言

获得统一

此时的骑楼有如神祇
她吹灭古希腊的白日梦
点亮东方大国的神灯

老舍故居

冬日，在灯市口西街探寻
光阴中的十六年
曾遗失的藤蔓
借天空之手
垂下阳光的悲悯
古城、老胡同与灰墙的秘密晃动如浪

跨过一道门
跨过二道门
福字在此地繁衍
两棵柿子树
反复书写一个人的名字

一切有迹可循
房间里的陈设如此简洁
我却想到繁茂的森林
一只小鸟
靠风来捕捉每一片落叶的消息

古旧的台灯在夜中被点亮

不止在飞翔的梦里

也在驻足的瞬间

让我缓缓辨认《茶馆》《龙须沟》《方珍珠》的
场景

一遍遍温习方块字的柔软与坚硬

在形成庞大语言的围城里

很多人选择走进去

用一生纪念另一生

什刹海印象

在写满福字的镜子面前
人们脚下生风
认领湖边的积雪
每一片雪花都印着一个招牌
每一片雪花都记录某段往事
满脸天真的姑娘说：
阳光照耀时
无需痛饮

为了驱走路途的忧郁
她注视从什刹海走来的人
他们来自不同的地方
却承受相同的季节

151

遥想中轴线

站在首都博物馆
一点点漏出掌心的沙子
这贯穿南北的 7.8 公里
从脚下流出中正的泉
洗净数个朝代的更迭
那些丢失的部分
在时空中嫁接出古钟
老宅用力吟唱
古树无需关闭心门
那么多名字
最后都印在一张名片上
化繁为简
让周围的事物重新获得秩序
探寻记忆中的名字
永定门、天坛、前门、先农坛、天安门……钟鼓楼
这剧烈摇晃的高铁
在阳光中飞腾
中轴线承载漂泊的肉身
并不断调整
时代更迭的频率

前门大街

前门大街被阳光镀上黄金的颜色
自行车与古树交错出影子
这条波光粼粼的河
缓缓溢出世间的高度

我是一艘小船
白且苍老
北方的风
正在抚摸石阶
花坛在微笑

午后，美好与悲伤的故事
铺在落花与浮萍的上面
它们摇曳或翻滚出弧度
那时，我在花间煮酒
企图灌醉遗失的青春
然而，用于落幕的晚霞
已经不多

玉泉

时光深处传来历史的钟鼓声
雷鸣、野鹤、垂钓的古人
隐隐在身后

天空依然高远，依然不可捉摸
被收入其中的事物，彼此追逐
玉泉时而沉静，时而奔腾
我站在离你最近的地方
当一缕风
举重若轻的尘世
一眨眼，我就过去了
一眨眼，你依然年轻

庐山印象

绿延续炊烟的梦
雾霭一次次隔开尘世
我走在陌生的岸边
往返于沉静的旅行
离枝的鸟儿去照看别处时光
临水而居的事物
一次次掉入盛大的黄昏
如一颗石子
沉入漫山遍野的蓝里
最饱满的雨
听到泉声后缓缓按下暂停键

云塔

云朵覆盖云朵
天空明镜一般
风的踪迹被隐匿
仿佛所有的石头都在桥上
仿佛所有的石头都能登天
两个年轻的女孩前后走着
云朵覆盖云朵
佛塔映现眼前
仿佛她们正走在朝圣的路上
仿佛她们重新爱上人间

车关金沙滩

落日融入海的另一边
柔和的天空对应柔和的沙滩
潮汐站在异乡的门槛
喊我的乳名
我用乡音怯怯地回了一句
又隐入这昏黄的断章里
偶有贝壳、水母及海螺露出腰身
有船驶过，几个孩子拽住逆光中的尾翼
这镀金的岁月，一直都在时光的深潭里
像即将出现的星群，预示某种命运的旨意

老舍故居

两棵柿子树融入黄昏

院子里保有大木船的宁静

敲击声，用大海的语言

抹去时代的杂音

枯枝、鱼缸和影壁

在鱼的背脊上

藏有群星

命运的风在耳畔吹不停

一朵花在不远处

黑夜在不远处

北海公园

从春到冬，石径小路是一辆铺陈时间的列车
每个带进行囊的人
在不同的站台递交门票
站在静心斋门口
记忆中的阳光反复敲打门环
深入湖水的鱼
游入忧郁的双眼
星辰架在肩膀
在白天看到黑夜的人
需要接受光阴的洗礼
风止于胸膛
为了找到更多的水源
遥远的太阳用凌厉的目光凝望
山岗送去马鞭
月亮继续出走
记忆中童年的小岛
在一片丛林里静静地素描

159

雁栖湖

梦升到万物的指尖
水面彻夜通明
战栗的灯火如口哨一般
把船弃在岸头

燕山脚下，几十年的变迁
黄昏和鸟停在画里
我曾有过多次靠近水的方式
从远方赶来的古人
吟诵田园诗

内心的浪花晃动
忧伤离岸而去
装进行囊的爱
等一张巨大的网

品清湖

黄昏喜欢古老的事物
比如落日、晚霞、飞鸟
持续千年的美将继续
湖面有流水的消息
东渡和西航一样
几十年面带喜色
风一次次吹来
这座繁华的城
同样拥有神秘的时刻
除了美和震撼，当有其他……
黄昏之后是黑夜
品清湖只想做一个飞翔的孩子

品清湖的岸

这是我刚刚来到时
湖水给予的答案
火焰升腾内心的美
许多的风竖起羽毛
钟停留在偏北的方向
于是，我看见两个太阳
一个新的
一个旧的
在所有的元素中
水是王者
品清湖依然如故

嘎拉桃花村

桃花是圣洁之物
风吹得我恍惚
雪山描绘开花的瞬间
是名词也是动词
蓝天指引朝圣的路
鸟的旋律很轻
万水千山走遍的异乡人
在这里找到马的狂野
每朵桃花的怀里
藏有一团明火

青州古城

古城墙默守千年
我从梦中醒来
在秋天的刀刃中
寻找枝丫的位置
石板路写入永恒之书
古老的鸟穿过白纸
从历史的深处飞来
笛音是一块花岗岩
一颗心的跳动
暴露静脉上的鱼骨
我从这里走过
好似变成了古人

第六辑
在倒垂的紫色花带里

十一月

阳光打醒每一片落叶
一边拾忆，一边探寻
走在无瑕的纯净里
十一月，藤蔓关门谢客
时光研磨如铁
植物字典正在诞生
雪来后
月亮白起来
迷失的语言钩织风暴
风一遍遍吹过
向失散的草木与花朵致意

冬天准备交付一把柴

当天空从胸膛取出火
冬天准备交付一把柴
燃烧从琐碎的梦中走来
奔走相告的福贴
打开冬天的第一道门

十一月偏爱的事物
从我的心口满溢
雪用小心思
讨好裸露的大地

在寒风中暗淡的紫色
正在吐出季节的刺
用于考验这把老骨头
还能度过多少年头

柳絮

柳絮一旦飞起来
春的招牌又一次注册成功
那浪迹天涯的心
唤醒红尘的赶路人
把一生的柳絮用价格标示
估计谁也算不清

蓝钟花

高高地仰起
这紫色的世界
有风从海上传来
远方灯塔的消息
月光推动银项链
离别跃过异乡的疆域
这摇曳的四季
在耳畔缠绕
森林的巨人臂膀上
处处留下人类的足迹
深入这无人的旷野
思索一只蜜蜂的世界
命运排练另一场雨
紫色的花海制定法则
天空拨动音符
群星尚未苏醒

萤火虫

萤火虫忽上忽下地跃动
露水的脸被照亮
小草的身姿像一个传说
树林沉睡
我是另一个被照亮的人
蛰伏在逝去的童真

立秋记

无法找到第一个变黄的叶子
日历提示今日立秋
推开窗
满目荒凉的戏即将上演

繁华落尽后的寂静
是立秋的刀刃

祖母已去世
这使我更愿意接受秋的荒凉
金黄璀璨的落叶
是时间的祭品
它们从天而落
带着某种爱的真意

171

低于云朵的树

那时光阴很轻
天空被压低
祖父抱着我
试图去够浮云

低于云朵的树
年轮隐匿
枝丫伸向旷野
溪流细数渔火
暮霭深藏
我和祖父靠近碎花
那是离开树的孩子们
微微颤动的心跳

油菜花开

被花海吞没的梦
只做这一次
我看到火焰在燃烧
金色的字典在风中剥离
甲骨文一次次被唤醒
这横的横，竖的竖
完美的梯田

清明

四月，路人行色匆匆
不期而遇的雨需一堆火
落在老槐树上的雨
搜索往昔的引擎
这么多年
我找不到通向你们的路
似乎只有这一天
备好上等酒菜无数
焚香燃红烛
待我捧着一轮落日
静静洗去内心的悲苦

小草

用尽全力挤出泥土
便拥有越来越茂密的渴望
为了印证阳光下的一丛影子
你持久地与青砖抗衡
争出的方寸之地
让忙碌的城市调慢时间

在云朵推行的路上
放逐内心的群马
你是高过石头的小草
在风中储存露水和星空

每当经过你
我都想拥有辽阔的梦境
把你用心制造的美学
酿成一壶酒或一个地名
它可以是故乡，也可以是远方

蝴蝶

若不是风变大
它早已隐身
花丛的巨大翅膀上
它是禅坐的习者

万物皆有因果
每一个谎言后面都跟着一声呜咽
这些接受夏日热风拷问的物
不断被生活捶打出玉的光泽

蝴蝶的飞翔
在柔和的声线里
被阳光拽入更深的田野
它的消失
延长了白日梦

冬天的黄昏

我不能确定每个黄昏都是一样的
晚霞独酌酒
芦花悄然绽放
鱼群的目光清澈
围墙在生锈

静谧的钟隐匿在不远处
有那么多白汇入湖中
曾经遗失的秋天
被远去的亲人带回来
我的掌心有雪
有跌入悬崖的梦境

雪

这洁白的火焰
静静地从远方赶来
在跋涉中，弄丢了盔甲
落到地面时，接近慈悲
赶路的人
试图从一朵雪花的内部
找到城市的金属地图
镜子兀自燃烧
它接住雪的信
退回时光的源头
接住记忆的回声
听，世界正在被花朵反复吟唱

十月的馈赠

落叶拨动十月
阳光带有决绝的气质
果实像一个小城堡
熟得瑟瑟发抖

秋风瘦一点不要紧
在孩子们的双眸里
《楚辞》燃起金色的小火

我震颤于秋的深刻
丰盈的母语从古走到今
黄土地的内部亮着一盏大灯
《诗经》推起山峦的脊背
擦亮我黑色的眼睛

寒露，从昨夜的梦中来

月光散发寒意
昨夜的露水以更低的姿态飞行
梦起始的地方
我看到蝴蝶飞旋的画面
烛火燃在枯黄的玫瑰里
秋雨摇荡梧桐树

你星星般的嗓音如今只有影子
从万物中减去晶莹
异乡人在异乡守望
故乡的云

秋风紧

树枝越来越孤独
越来越需要梦想在风中取暖
落叶书写山岗与老树的时光
云淡风轻
父亲牵着一匹老马
从乡间的小路走来
世间万物沿着暮色跑
越来越明亮的灯
储满愿望

蒲公英

你不断分离
这轮回的生活
让我相信星辰的高远

你飘向远方的原因
我不得而知
河流依旧奔涌
清泉是另一种拥抱

那奋不顾身的花火
是我的困惑
还是你的迷茫？

蓝色铃铛花

你低垂，这蓝色的人间
柔软是白鸽书写的信件
风摇曳日历
落下的数字
慢慢绽放

你谦虚，这遗失的岛屿
露水从大海跋涉而来
远方的夜迟迟赴约

梦和现实的距离有多远？
我站在你的面前
学会匍匐前行
学会折叠时间

小雪花，追赶冬季的列车

这也是花
瞬间的永恒
它的心，无处安放
深夜，我攥紧车票的手
微微地疼

所有的物质都曾柔软
都在星辰中取下一束光
我的心里装着风暴与大海，重生与死亡
装着换了很多次的月亮

此刻，我敲打每一块石头
听着骨节嘎吱嘎吱地发响
今夜，我选择柔软
选择在光速中穿越永恒

十二月

柔软沿六角形飘动
仿佛要将愚蠢的热情
化为水痕，凝为冰霜
十二月，我经常追着月亮
就像我读懂遗失的星落
一棵枯树被风晃醒
雪栖在发间
像一朵花绽放在眉头

饮酒的冬夜是好时光
我们可以坐下来谈心、静默、流泪
慢慢读懂雪
一朵，两朵，千万朵

玉兰花

提起你，便有了归心似箭的勇气
故乡在掌心，故乡也在对你的描摹里
每当风变得深沉
若有似无的香气轻轻滑过我的肩头
不停歇的人间
涌动人声、水声及雨水收敛的记忆
月亮在上方凝视一场深渊
星星垂下悲悯的藤蔓
你靠在枝头上，摇曳日历上的数字
游出的鱼布置湖水的涟漪
一个我踏入尘世
另一个我走回梦里

一月

一月应该富足
应该把美好丢到风中
树叶在指尖取暖
老去的蝉
重新活过此生

已厌倦的事物
此刻一笔勾销
荒原有流水做隐士
城市的沙漠
冬与春争着祭奠
一月，一只小松鼠
用一颗松果，上下求索

九月

九月是我的兄弟
也是每一片凋零的玫瑰
为了收获每个黄昏
叶满大地
在逆光中飘落的花
不过是一封长长的情书
复述秋雨与火车的轰鸣
在九月的台阶上
有人顺着风走完了一生

中秋

这个夜晚
升起的月亮充当心理医生
用圆形的心替代不完整的心
星空记住人类的住所
地址用钉子钉住
风吹不跑
葡萄架收留受难的人
不可思议的薄雾作披风
流浪的人不再冷
城市变成火柴盒
仙女轻轻划动火柴
用火焰造梦

189

秋天的反复

路在草尖上收集水晶
她坐在门口，看摇曳的树枝
晃动星星的脸庞

翻滚在田野上的风
炒熟麦穗、蒲公英和稻草人的背影
让更多的风失而复得

你在天空的另一侧
在倒垂的紫色花带里
握紧神秘的光环

冬雪

雪静静地从远方赶来
在跋涉中，收拢火焰
路在劈柴
在收集星辰
赶路的人
在风中捕捉失去的消息
从一朵雪花的内部
打开遗失的信笺
在金属地图上
乌鸦终于找到藏身之处
几只鸽子退回时光的源头
教堂的钟声击碎冰层

饮一杯乡愁的酒

世间收起温柔
枯木、残花、落叶似飞鱼的眼睛
孤独的雪纷纷扬扬
在天地之间
钩织母亲的胸膛

风中含着月光、烛火、心中的探照灯
南方的雪裹住时光
异乡人拽住古树的根
饮一杯乡愁的酒
他，反反复复地低语
藏在骨头里的乡音

日落，正在丈量目光

白虚构白
灰失眠一夜
这交叠出的厚度
正在丈量目光

风，隔段时间就犯一次病
东倒西歪的树像个渔夫
忧伤是体内的毒
一丝一丝被抽出
疲惫是船的主题
它晃动在潮汐中
一发不可收拾的晚霞
为游荡的人开最后一次处方

一颗无涯的心

流云等同于野鹤
暗夜悬置的刀子，放于心间
牧马的人暗自叫疼
疼痛证明活着
死后的世界，且是个谜

过去已经葬送一个心脏
十一月适合涂上黑色
阳光火热的日子
在时间深处诞生青苔

有人背起山峦，写下遗书
我在孤独的海洋里，荡起无名的秋千
一颗无涯的心隐匿于丛林

磨刀人

磨刀人在风中
一遍遍筛出光阴的沙子
挪动山峦的老手
也在挪动世事

每一束光线
都有一个漂泊的梦
重复的半径是非虚构
脚步蹒跚，走出荒凉
佝偻的身体是一座山
（此山没有桃花源）

三十年的流水
鸽群衔落日飞
刀与石逐渐拥有了血骨

在异乡的篮子里
磨刀人挥动的手臂
像指挥一场战役
暗夜中幻灭的泡泡
带着自己升空

195

鼓楼

鼓楼自有法则
复古的钟声遗留月光般的遗产
仿佛日夜颠倒
又仿佛一生太短
"紧十八，慢十八"在人间是确定的事
一条中轴线贯穿通幽之处
天下的口音汇聚这里
从繁体字到简体字
花还在开
时间冷却下来
人间又多了一处胎记
敲钟之声在心里种下一棵树
偶尔在我的梦里落下雪

入冬札记

要学会化装术
在天气渐渐变冷的时候
深埋牢笼中的种子

落叶没有一颗归属的心
所到之处皆是故乡
阳光，仍是生动的火焰
落叶是火
山峰也是火
消瘦是思乡人的事

此刻，鸟鸣打破黎明
草木山河无法阻止一场荒芜
霜冻死去的心
或是一场大雪的图腾

平安扣

当飞机成为残骸的时候
人们死去
天空倒置是一种悲哀
无光者无惧黑暗
垂直的脱轨直抵坟墓
涌动的海水从远方赶来
重构母体温暖的子宫
散落的飞机碎片有一枚平安扣
这个暂时的无名氏
慢慢把希望卷入暮色
那么多发亮的钉子
照亮寻亲的路
来不及的事那么多
悲伤的人有那么多

入殓师

当肉体成为遗体
雪下在心里
冷，是漫长的一生
就此打住的幸福
需要修理
无法读懂这逝去的灵魂
僵硬的肉体扼杀了所有的过往
为生者保守最后的秘密
洗浴断开人间愁
用化妆品画出最安静的美
这死去的面孔代替活着的面孔
这悲戚的问号被一次次画成了句号

捻花

如兰的手指
举行祭祀的仪式
一朵花的颂词
二朵花的颂词
礼赞声，借助风来消化
关于休眠的往事
被捻成月光
一年的光景无所畏惧
花纹也是刀刃
一次次地捻花
传达她的名字
这世世代代的重复
不曾划伤我的手

春日

她有一颗度化的心
靠木门端坐时
流水一遍遍洗净映照之物

她的造访如此自然
无形的浪花
反复敲打一条河

沿河漫步的树
获得相同的名字
纯洁无瑕的眼睛
撞上岩石的硬

灯

一点点拽进午后的阳光
萌芽的字
撞出头破血流的绿
无疑，在田野的深处
希望的风浩荡
正在书写一封情书
青草梳剪影子
一匹马打破寂静
幽深处
桃花正在点亮一盏灯

杏花梦

整个山都在燃烧
她坐在绿皮衣上
写一封家书
乡音不改
言语破败
美的流云斜卧于枝丫间
杏花在纵火
风在留影
她坐在青春的火车上
在虚拟的花瓣中
收集露水

大海这面蔚蓝的镜子

大海这面蔚蓝的镜子
收容所有不理智的情绪
水滴在圆中
体悟乾坤的度
一滴露珠抱紧了我
成群的海鸥挥动翅膀
彼此的影子探入其中
喝一口生活的烈酒
满屏都是风干的落花
站在巨人的身上
忧伤被白云擦拭得
越来越明亮

彼岸花

不会讲故事的人
坐在岸上
半生的尘土已足够重
在岸的左边，海是蓝色
在岸的右边，海是红色
彼岸花不懂记忆
只在固定的地方出现
年轻的人把它看成台阶
逝去的人把它看成还魂药

年

在年的漩涡里
找寻火焰
浅蓝色的梦
升上天空
流星陨落
一颗颗砸进心里
染上绿意的风
吹响大地最深的那层
缺失的影子独自飘荡
草尖上的雪
这深深浅浅的眼泪
在月光中寻找
那只丢失信仰的鸽子
悬挂的红灯笼没有叹息声

春水

我在风中唱古老的歌
等星光变暗
红灯笼长成树
春的腰身粗了一圈
世事缤纷有礼
鱼儿游来游去
没有尽头的河
需要无数的车站
填满它的胃
取春水一瓢
我饮，就年轻一岁
我饮，就灿烂如花

听雪

在不存在的国土上
月亮发高烧
乌云被海浪推起
白色的药丸飘飘洒洒
用轻的音调开处方
梦的中低音
回旋、吟唱
保留清瘦的身姿
房顶是温度计
药丸越堆越高
一千种空洞的白
从梦的山头走下来
用巨大的谎言覆盖

樱桃

樱桃把月光吸引过来
这红的暴风雨
击打中年的身体
鸟雀称它为河流
这盛夏的果实
带着独一无二的信念
黑暗是无罪的
你无法纵横驰骋在天空
飞鸟将把自由还给你

在山岗

光脚丫的野孩子
不怕锋利的石子
划伤是一种试错
这存在的证据
血在呐喊
山岗用健硕的身体
托起野孩子
飞鸟在阳光下露脸
天空偶有悲怆
这起伏的远方
足以构成一生的模样

火烧云

我以为热恋的火在天上
可那是火烧云
从海边走过去
用浪花擦洗天空
多容易啊，浪花碎了
天空恼火，因火烧云这个妖媚的情敌
化妆后的云朵
天空也不认得

大雪

不善言辞的雪
一下再下
结冰的泪水是孤独的
开不出花朵的雪也是孤独的
大地不再焦虑
这新生的面孔一次次被覆盖
让故事多了童话的情节
在大雪之外看大雪
总有许多不能言喻的悲伤
长出白骨头

重拾故乡的雪

雪一次次下在心头
祖母俯下身子
轻轻地用手一指
故乡的雪就罩住了我
这洁白的羽翼
是一只巨大的鹰
它呼唤的黑色风暴
从来就没有中伤过我

冰雪玫瑰

视冰雪之地如一片田野
你习惯在风中，找寻平衡与失重的关系
跷跷板的乐趣不在大地，而隐密于气流的野性中

这个春天，属于极值中的河
你是激荡于暴风骤雨的花朵
每一次漩涡的形成
都能从迷离的伤口重生

这极限意义的奔跑
是一次次冰冷的雕刻
每一次飞翔都是黑夜的对视
从荆棘中摩擦出血印
在直觉中找寻永恒
每一次的深思熟虑
都被人们称为险棋

你在命运的坡道中
选择撕下一页页日历
只为在风景的火焰中

成为一朵真正的玫瑰
那不畏冰雪的激荡
将世界的每个角落点亮

215

被春风点燃的雪

相信此刻的春天有如神祇
风吹响乐谱
用绿色敲打回应

于大地之上，不同语言的太阳正在重合
于天空之下，清泉苏醒
时光从山谷中来
这新时代的竞技之歌
回响在雪之花
她震颤一次，美就诞生一次
她绽放一次，旋转就升腾一次
这盛世人间，用七色彩虹钩织而成

关于耀眼的瞬间
她选择飞翔
被春风点燃的雪
在极限的弧度中
画下不妥协的呼啸声

期待一场雪

期待一场雪

虚晃一枪

诗人从树上走下来

他抖落肩头的雪

这跳水的姿态

让大地不再沉默

雪从几千年前赶来

这跌跌撞撞

为了掩埋一片枯叶

或砍掉月亮的骄傲

雪一直在路上

掉在地上就是一句诗行

慢下来的时光

停靠在岸的船
孤零零的两扇门
木制钟表的流水声
冲刷此刻的慵懒
无需搅动那些骄傲不屈的事
相安无事的风，彼此敬礼
丢盔卸甲的流浪猫，放下警惕
它，避开干枯腐烂的树叶
如避开命运的雷
它，最终选择消失在目光中
江湖隐退的传说
被梦叫醒

风吹进心里

一束阳光裹紧一颗果实
风吹进心里
唱歌的人指挥不了乐队
风铃是阔别重逢的朋友
她一遍遍打醒果实
在白天消失的绵羊队伍
在夜里重新排列次序

白玉兰

你是我不能靠近的一场雪
摇曳记忆深处的静
一切诞生都无需缘由
你站在不聚光的舞台上
收藏风中往事
河流以及梦的港口
全部被雪净化
如同破败的青春或是逝去的爱情
你是黑暗中飞驰的白马
夜晚里坠落在人间的星星
你涂去一些熟悉的名字
钩织一种隐密的快乐

雪夜

天空把自己掏尽
像捧着圣灵的光
留下暗夜悬置的刀子
闪着前半生的镜头
那些遗失的贝壳
正在一场白里变得更白

鸟坠入冰层
湖水洗净夜的焦虑
我看见清瘦的枝丫生出翅膀
用于破译死亡

归途

一路颠簸的月亮
缝补羽毛
额头上举起的灯盏
推动绿皮火车向前
这红的光晕
把归家的步伐放缓
一枚石子不断描摹
果香味的光芒
足以照亮黑夜

梨花

梨花聚集山头
以雪的形态
豹子的脾气
罩住阳光下出双入对的人
美的硬币攥在枝头
闪烁其词的河是情场老手
这耀眼的光
复述鱼上钩的情景
不知什么时候
云朵堆出白房子
涟漪般涌动
曾失去的灯芯
再次变成一盏灯

一扇虚掩的门

冬天扔掉坚硬的盔甲
留下柔软的大地
绿摇曳江山
我站在日历的扉页
细数流年
掌握春天的候鸟
往返于南北的黑白线
河流辨识岸边的足迹
遗失的爱情与黄昏
长出荆棘的牙
一口一口咬下落日
命运的石头是冷色调
青苔铺展处，是一扇虚掩的门

秋天的风声

梦里我像尘埃一样轻
把脸探进银杏叶的避难所
风敲响太阳的警钟
让细碎的光影充满时间的证据

从田野袭来的金色波浪
变幻童话故事的魔法棒
让橙红黄绿进驻内心的荒原

是时候离开了
枝丫摇曳命运的火烛
向左一下
再向右一下
试图平衡关于秋的爱恨

十月

十月，正是秋天清醒的时候
天空沉默高远
云朵独善其身
风时而清冷，时而爽朗
在人群中奔跑的孩子、蹒跚的老人
闪动阳光的故事

北方的秋有些潦草
奔跑的火车无法带走所有的果实
我沉浸在自己的世界
以梦的名义
擦掉身后的脚印

空壳的夏

在七月
所有闪亮的事物
被星辰擦拭一遍
从天上落下的鱼、蝴蝶、虫鸣
构成诗句
云朵把小桥、流水、青瓦房写入信笺
手中的光线
重置时空的秩序
太阳拉长侧影
被暗影叠加的事物
掏空了夏

烈士陵园

朗日下闪动
丛影，阳光，大树及游人
被光圈环绕的石碑
矗立在历史的河流
"多久未曾端详曙光？"
另一个声音从心底响起

确实忽略过晨曦，很多年前
在烈士陵园里，光稀疏
形成陌生的音符
那时年轻的我
在石碑间无法测量昼与夜的距离

如今再次站在晨曦的面前
以跋涉者的身份
阳光如此对称
它平衡黑夜与白天
某种巨大的孤独拥有现实中的一切
它们是水
它们不是海

晒秋

黄昏的额头沉甸甸
晚霞一阵激荡
菊花在风中失语
攀爬于灰瓦上的鸟雀
寻找每一朵花瓣的故事
方言流动在的光阴里
红辣椒打开心事
书写山峦的侧影
朋友们在高处眺望
他们把诱惑的小柿子取下来
他们不舍得吃一口
让篁岭的梦孕育在所有的行程

少女时代与篆刻

十几岁时的白裙子飘荡
漩涡一次比一次深
学校的石板路
有刀刻的痕迹
雪把河水推过来
一枚青田石静默禅修
少女莽撞地横竖撇捺
在几厘米的区域内篆刻
她的眼睛含着雪花
她还不能扬起刻刀
扬起一路的风沙

230

秋梦

黄昏老去
准备交接的夜
清算手中的星辰
时钟，上锁的眼睛
被九月洗过的身体
在风中穿过
梦中的教堂
白鸽附上安魂曲
逝去的梦形成渔网
年轻的祖母有一张羞涩的脸
她的笑声银铃般
砸进时光
在淡蓝色的光晕里
树从一个秋到另一个秋
秋的梦，藏有六个孩子

位置

人群中，一只鸟惊飞
要在明亮的早晨起来
像二十岁的年纪
含着果核般纯净
风中的每一朵花都很单薄
行色匆匆的人
在世俗的纸张上
小心翼翼地裁剪
直到把自己裁剪成标准尺寸
多一寸，圆滑
少一寸，木讷

我选择与石头一样
坚硬、粗糙、原始
在风中，一动不动
在风中，看到自己的位置

后海

后海不是海
是历史扉页中的一汪水
深陷于风中的事物
兴起光的波澜
鼓楼守护这座后花园
烟袋斜街铺满岁月的雾
一个个小物件炸开
审视后海
这耗费半生的答案
正在水中瓦解
举目望去
老北京的风韵缩影在几个世纪里
一条鱼游动
带走二十年前的我

宁静的时刻

阳光下，讲古人的嘴唇在动
语言之河流出
光影、风、气息、百年古树……
历史的重与轻
时间与空间聚焦在一起
旋转、飞升……
仿佛石碑里有长长的走廊
幽深且不可测
据说万物有灵
我屏息凝神
在安静的时刻
读取一切事物的内部
不可言传的消息

春林

枝丫在古树间造句
萌芽的春潮推着我走
偶有残阳如血
风过林梢的时候
踱步者在光线中界定
好像平生第一次

时光是无法被捕获的
除非夜晚里含着愤怒
溪流也有迷茫的时候
风没有，它从不在凝视中提取真谛
道路幽深，长廊曲折
悲伤是少年的事
总有电闪雷鸣的时候
那时，春林是一位守夜人

后记

隐秘的渴望

1 童年断章

我在幼儿园的时候，便对文字产生了浓厚的兴趣，这些方方正正的小格子，像隐藏着秘密的迷宫，我常常对着汉字发呆。

小学的时候，我觉得一生好长，每个黄昏之间都像隔着大海。用于填补生命的孤独与空虚的，都是小说散文，并没有诗歌。

文字就是我的药，我生性敏感而孤僻，喜欢落泪，喜欢活在想象中。

小时候的我是一个假小子，但矛盾的是，我有一颗突然崩塌的心。

2 青春断章

对于诗歌来讲，我是一个晚熟的人。

大约 20 岁的时候，我读了某位歌手写的自传，她引用了几句艾米莉·狄金森的诗歌，具体内容早已忘记，但我的灵魂，在那一刻被诗歌击中。

诗歌如闪电般的速度与光芒，具有其他文体不具备的穿透力。我奔向书店，买了很多诗人的诗集，比如海子、顾城、舒婷和艾米丽·狄金森……我深深地陷入对诗歌的狂热。

我的灵魂有种流浪的精神，我沉迷于诗歌的独特、空灵与智慧。闲暇时，我也会写分行文字，这当然不是真正意义上的诗歌，只能说，是灵魂溢出文字的那部分。

3 灵魂断章

从本性上分析自己，我是个神秘主义者，听从内心的直觉，且胸无大志，造成了混乱的生活。我不停地换工作，以适配灵魂的变形。总有痛楚生出翅膀，无法飞翔的时候，便求助于阅读。

诗歌的哲学精神，让世俗生活中的我，获得某种精神般的召唤。我始终没有明白这种召唤的意义，但却莫名地感到欢喜，诗歌让我有了飞翔的感觉，而这种美好的感觉，是其他文体无法给与我的。

后记 隐秘的渴望 ◆

4 引路人

　　偶然的机会，认识了雪鹰老师，在他的诗歌班上，我成了一个有诗歌理论的人。

　　他对诗歌的认真执着，让我深受感动。敬畏诗歌，敬畏每一个字，每一个标点符号……最后，敬畏生活。

　　最初都是一些散文式的分行，过了几个月，我突然摸到了诗歌的门，开始用一种跳跃的语言来展现自己。回想几十年的阅读经验，不知不觉的语言积累，让我在学习诗歌的过程中，有了某种灵魂出窍的感觉，当语言如泉水般涌上来时，我感到了某种幸福，也感到了某种惶恐。

　　我忽然明白了阅读的意义，它是多重性的意义，从疗愈精神上来讲，它是纯粹的，但是从诗歌写作中来说，阅读是一种语言重构，通过不间断地阅读，在现实与理想之间，找到先驱者指引的可能性，找到属于自己的那份光，并在这份光中实现某种救赎精神的普遍性。

　　此时我终于明白了，诗人要有修行的精神，一种悟道的境界。作为诗歌学习者，我感到了某种压力，也感到了某种豁然。在诗歌学习中，一点点修正自己的心，希望在每一个当下，都能找到类似于宗教般的，绝对的信仰，让它指引我纯粹清澈地前行。

当不以名利为目的时，我感到了某种绝对意义上的快乐，那是一种笨的精神，也是一种憨的心态。此刻，诗歌的宝塔，有如神祇。

5 隐秘的渴望

里尔克说过："我们的使命就是把这个羸弱、短暂的大地深深地、痛苦地、充满激情地铭记在心，使它的本质在我们心中再一次'不可见地'苏生"，这句话阐明了现代诗歌的内在精神，也阐明了现代诗歌的探照灯般的意义。对于 80 后的我，诗歌的学习虽然力不从心，但我的内心总有种神秘的召唤，那既是语言的召唤，也是命运的指引。

小说需要脚踏大地，诗歌则需要飞翔，需要灵性，需要某种近似于宗教的意义感。

这份高贵的存在感，让我慢慢学会抵抗衰老与死亡，也让我在不断失败的生活中，找到了某种精神上的归一。

通过诗歌写作，我慢慢转变了态度，从最初的逃避现实，到勇敢地接纳现实，再到通过现实看到背后更深刻的本质，这让我对视觉想象力充满了莫大的兴趣。

　　伽蓝老师曾说诗歌写作需要视觉想象力与凝望的艺术，这种想象力与凝望的艺术，将是一道道门，等我找到并打开。

6 永恒的召唤

　　诗歌的阅读，就像是绵延不断的风，它持续地吹，也许能吹醒我，也许不能吹醒我。但我非常确定的是，只要风来了，我甘愿做一瓣雪花或是一枚落叶，在风的指引下，从容地死去。

　　在伟大的诗歌面前，我是卑微的，这份卑微的警醒，让我又获得了某种智慧，它让我产生活得更好的信仰，它让我相信一切美好的存在，这就是诗歌的伟大意义。

　　生命是如此短暂，也是异常尖锐，我希望在诗歌的阅读与学习中，对广博的人类命运产生巨大的探索与关怀，这样才能获得真正的充实，自由和光芒。

随着肉体的衰老，精神世界越来越重要，与时间对抗，与虚无对抗，与死亡对抗……我一直就是一个敢说也敢做的人，我想用这首诗句结尾："跟去吧，诗人，跟在后面，直抵暗夜那虚无的深渊，用你自由而坚定的声音，仍旧告诉我们生命的欣欢……"

我享受这种卑微的存在，因为在伟大的诗歌面前，它的神行具有永恒的价值感，也具有永恒的召唤精神……